緩慢與昨日

記憶的島，以及他方

翁翁·詩 & 影像

SLOW ISLAND

緩慢與昨日

記憶的島，以及他方

SLOW ISLAND

CONTENTS

Chapter·2 —— 昨日

Before yesterday

迎著海的溫柔與溼濡
穿越木麻黃綿綿密密的髮鬢
懷想她的形影
啊她有柔軟舒坦的胸懷　夢一般的容顏

緩慢的島

相對於急迫、等待或焦躁不安
相對於循序漸行的時間
緩慢其實沒有絕對的精準度
快，能是多快？慢，會有多慢？

緩慢成為一種調適
無關時歲星宿
是步入中年期，進退維谷時
為自己草擬的一幅風景

一直以來，盼望她能以從容自適的步履
不急不徐，緩緩而行
我總是這樣遠遠地眺望，遠方
那座眷念的、隱隱於懷的
島

獻給金門，我的島　2015

緩緩

冷牆上悄悄探頭而出的一抹

秋天的細微

沿著九月昏黃

如織錦般的細膩與溫柔

鋪陳出一座蕭瑟的島

河道

水流初匯

交集成一條潺潺蜿蜒的動脈

宣洩著島嶼的憂悶與傷痕

伴隨著潮汐呼吸

日夜吞吐著島的鼻息

與分泌

遠鄉舊韻

視野所及的舊韻裡
古典成為一種堅貞的信仰
任時間搓磨侵蝕
像母親日漸粗老的皺紋
思念時
用懷想與祈禱
為她傾心妝扮

聽見麥浪與醺香

路過妳的島

聽見麥浪與高粱喧囂駭放

風在浪裡嬉鬧

木麻黃在濃密裡打盹

酒釀與醺香

漫天都是醉意啊

豆梨迸出歸鄉以來的第一抹新綠

一點紅

隔著清冷

誰的凌亂腳步急促而不安

整片入夜的海峽

間有啜泣咳嗽不安地橫陳

徹夜輾轉難眠

有誰告訴我

來時的船艦

可有返航的船班？

夜的花火

戰爭在一九五八那年終於停歇
此後幾年零零星星
類戰爭在單日夜晚持續上映
有時我聽從風的指引潛入防空洞
在黑裡揣想驚慌與恐懼
鎮靜時爬上廂房厝頂
觀看一枚止不住亢奮失去準頭
迷失了方向的
孤獨花火

22　下堡・金門・1996

風雨樓頭

雲雀們喧嘩著掠過遠古天暮

時歲緩緩如阿嬤的三寸金蓮

斑駁裡拂過縷縷煙雲

不急也不徐

笑忘青春在樓頭裡迷失了

華年

24　下堡・金門・2002

無江 II

你的濃眉

如綿綿鬱鬱的春雨

你的眸

澄澈得像一面望鄉的翡翠

晶晶亮亮映射著舊時的天光

我總是隔著岸

幻想著

如果我們曾經有過一條江

繁華褪盡

煙消霧散之後
野藤蔓迴旋身在暮色裡翩翩起舞
丹青褪盡
書卷已蠹朽
你聽你聽
誰還在昏黃裡孤獨吟哦
一首荒誕的兒歌

遗忘

光譜色溫都循著季候精準遞換
我料想沒有一種可能叫永遠
現在
已經成為過去
而記憶
如同遺忘
那麼長那麼遙遠

青春

想像在無界之界晃蕩晃蕩
你看見你所看
陽光亮燦燦
青春的身影一刻不曾間歇
在眷念的長巷裡
一 路 笑 開

如歌

沒有一個黃昏將被遺忘
可我總聽見腐朽的風
以及聲音裡的瘖啞
苔痕斑駁
像極了某個輝煌璀璨的年代
那時啊笑聲如歌

水月

夢、星子以及離魂

記憶和水魅

自熱帶南番捎來

滿是皺褶的鄉書

一封

36　珠山・金門・2010

遠方有霧

古典與新世交界之際
總有一些茫然與渾沌的什麼次方
那兒遍佈著古塑風顏
而我遁杵在現時這端
聽見遠方有霧
砲聲隆隆又近又遠

夢空鳥 II

苦苦戍守著亘古以來的
矜持
夢的守候如瓦簷層層疊疊
日午的村塽緲無人煙
我靜靜默守
等待下一輪的繁華落拓

快門輕按

遲疑猶豫之際
按下快門
風景於是成為瞬間或過去
即使心生懊悔
記憶卡篤定而認真寫下
一幀不復存在的永恆

島歌 II

聆聽遠方潮汐微微

年少的島歌如風

如風疾疾穿透山牆苔縫

揚起一面多麼悲愴的

大旗

44 下堡 · 金門 · 1977

記憶的番仔樓

春燕銜泥穿梭紅赤土泥場

來來又走走

那人最後離去時

輕聲嘀咕了些什麼

磚啊牆啊瓦礫飛簷與柴門

止不住地紛紛滑落

46　頂堡＋慈堤・金門・2013

大風歌

灰飛煙滅之後

所有的悲傷與淒涼

隔著山牆為阻

放任風

在遠處放聲嚎啕

風雨洋樓

我們摸索著陰暗

在悶溼苔霉的地底探尋方位

往前再往前

出了洞口會有薔薇與槍響

開滿血紅與榮耀的洋樓

50　浯江溪口・金門・2010

等待

妳不曾探訪我的島
所以我靜靜站在寂寞的海口
等待一條沉沉酣睡的江
無悲無喜
任時間撫平感傷的波
如果　乍然聽見
蠢蠢悸動島的脈搏

蜿蜒

一切都真實得近若虛假
仿佛潮浪從不曾親吻沙灘
當海市蜃樓逐一點燃夜的霓虹
向暮色炫耀
一抹餘暉
黯然悄悄流走

54　水頭港·金門·2008

微醺

十杯之後
海藍與水青成為一面虛實交晃的風景
向髮疏齒搖視野無焦的方向航行
鱟族漂鳥魚龍和藻貝
汽笛聲微
有浪初醒

56　北山斷垣‧金門‧2014

遠行

這一次我們追逐著江河乃至大海
來不及收拾的青澀
藏匿給昨天
至於那些細微羞怯散落一地的
初始之愛
還諸島鄉

　西一點紅‧金門‧2014

寂靜港灣

耽溺於她溫潤柔軟的胸懷聆聽她的呼吸
海岸線如此綿長我正躊躇於中年的憂傷
春風年少暫且擱置停泊在夜的寂靜港灣
航向白髮如霜的海上一再舄思島的模樣

慢慢存封的歲月

停歇之後
海潮平靜得黯然而乏味
只在旅人匆促行腳離去時
冰淚一滴
釀藏在黝黑的岩甕裡
以歲月慢慢存封

乾杯

以島與島的距離
我們舉杯互敬
以濃醇與嗆烈　敬煙硝和霧氣
以陳年的孤傲
淹沒所有浪頭與灘堡

緊緊依偎

但我們從不怨嗔這裡的混濁與擁擠
在暗黑沁寒的潮間緊緊偎依
感受彼此的體熱
並且品鑑
生的垂危與死的
顫抖

垂老

千年或者億萬年之後
我也許步履蹣跚
悠悠閒閒遊蕩過你橫臥的髮際
不露聲響
輕撫著你豐腴的肉身
聽你微弱的鼾息

山海鷺

沖刷激盪之後

冷凝與濁熱

稱為盡頭的那方

鱟族們竄游至離岸十哩外的

激流漩渦

一個踉蹌，倒看陌生的自己

身影

總在你澄亮溫厚的眸裡

看見沉著無畏

一派清明的

父親

遙遠的身影

年華

風起時潮聲徐緩且輕柔
荒亂與盛世都覷覰的島
彷如時光之河從不停駐
我低頭埋首
專心啃噬風沙裡的年華

荒年

撐開無量的胃囊

吞食乏匱的過往

細細反芻荒年的窘困與漫散

日昇時以果腹之名

囫圇吞嚥眼前的豐碩

風很輕盈　霧與溫柔

我想我們正在迷失

霧與清明

如果陽光從不吝嗇
讓風歸風樹歸樹
寂寥的歸於寂寥
雲歸雲旅人歸於遠鄉
濃濃的霧啊
還諸清明

78　太武山・金門・2014

榮光時代

以彈的概念急速而無畏地
騰滾翻飛
穿透花崗岩層層疊疊的胸腔
說啊多麼輝煌且榮耀的時代

夢的海岸線

站成一道鐵的防線
如風獅，守候著迷茫的禁忌海峽
霧海之間
昨日的緩慢與憂傷
溫柔的潮啊
慢慢遺忘

守候

夢的守候清冷而空寂

春天常常誤入我茫然的窩巢

我已忘記遠行的疲憊

羽翼高掛

在斑駁了的簷樑下

哭笑悲喜

唯我孤寂

冷戰

但我們終究得褪去這一身盔甲
在榮耀與屈辱的戰場
看天幕從蒼茫到黯淡
反覆舔舐最後一滴
奮戰的血

鄉愁

空氣中彌漫著盛夏熟成的露穗飄香
炎陽　烽煙　汗血
以及更遠處濤浪不絕的潮淚
如同我們踩過每一寸乾褐的紅赤土
我們踩過無懼年代
和遙不可觸的
鄉愁

疲憊

沒有眷念與祝禱

我們各自傾頹一角

冷雨風霜

憂傷不絕

是我疲憊的一生

初旅

太武山黯黑身影狠狠拋得老遠老遠
夜，緩緩駛出靜肅的料羅灣
前方是海　陌生天涯
神秘的深邃的溫柔的召喚
你是初旅的浪
泅向未知那洋

靜默詩

一直要到藤蔓草長屋傾樑朽
斑駁仍止不住痛楚
向靜默哀泣
深邃而憂傷的你的瞳裡
親愛的
該如何分辨現在與明天

水鄉

年少鳴嘯的船笛

抵達港灣時已經白了髮霜

以一生逐流

載浮載沉的水流裡

探索來時的方位

敲擊每一朵揚起的浪頭

飄搖

風在風的披風裡搖曳
霧迷失了方向在霧裡
島是一紙斷線的風箏
在翻騰的海潮裡泅泳

遲暮

跋涉冷冬覆雪
潛入記憶的河
誰在遙遠的那方
眺望你的古典你的繁華你的
垂垂老態

聽風者

唯我

日以繼夜

虔誠執著地眺望

眺望並且虔誠守候

執著地

夜以繼日

家書

拭去搖晃欲滴的珠淚
撐扶垂垂晚暮的身影
燃亮最後的燭光晃影
你的狂草寫我的鄉思

夢海洋

最後一次看見海防弟兄
他正玩弄著手邊僅有的一根粗木棍
等待連部班兵送來日午的便當
那時海面一派澄澈清亮
像極了某個離別的年代
倉促遺忘在眠床底下
一片漂泊著湛藍水色夢幻般的
寧靜海洋

貓公石

不如停歇吧
成為浮印在灘頭的一抹水印
暮色昏暗之前
掠下我們祕密的港灣

醉

欲昏又醒之間
唯亢奮與激情在血液裡串流
悲傷喜悅笑淚狂歡
沒有醉我無需沈沈入睡
勁挺透白的瓶身裡
我是
清醒

昂揚

霜或雪　空寂或焚熱
諸神遺忘的角落
桿以高傲之姿仰望遠天的聖潔
一群悠雅昂揚
呼嘯而過的鳥

勇士們

目睹最後一縷煙硝熄滅
戰士們疲憊而哀傷
堅定的挺成一列無畏的魂魄
挺住風雨號角
緊緊握住腐鏽了的刺刀

暗黑

坐擁斗室靜默

細細咀嚼昨日的嫣紅嫩綠

靜黑裡照見分明

黑的懷裡

無非啊就簾幔之距

眺望

確認海洋以深邃阻隔彼此的意圖後
碉堡以厚實與堅硬堆砌禁錮
抵擋槍砲、波浪與風霜
後來，海面上出現了船帆
碉堡於是為自己開啟了一扇透亮的窗

甕

所以日非日夜不是夜

空與不空真實或虛無

都封裝在這陰溼粗樸的泥甕裡

任時間哺養

浸漬陳年舊味

昔人的臉

他把自己想像成追逐太陽的飛鳥
在每一次日出之前
飛越荒寥與貧瘠
耗一生氣力
在微寒的邊境海域
為自己堆出一座島嶼

122　山后・金門・1998

大悲

血染成一幅荒蕪的繁華織錦

咒念永世琉璃

烽火槍花鬼哭神嚎

痛與悽愴

無畏地匍匐前進

挺過顛沛苦楚的悲涼世紀

沒有風沒有一隻飛鳥掠過的寂寞山谷
只迴盪著冬之藹藹暖陽
和昨日遺忘的靜默

昨日

停歇思索的這一刻
時間，已經成為過去

旅行時按下的每一次快門
決定了風景成為瞬間定格的命運
然後，回頭逐一檢視記憶卡
以回憶的方式，悼念倉促擦身的旅途

即使還原成一幀幀清晰的圖像
終究印證了我們無法擁有永恆的遺憾
無論以文字以影像以聲音
終究，我們只能
以回憶的方式追憶昨天

現在，已經成為從前

他方　Before 2015

盛世

喧囂亮燦歌舞昇華之後

海灣歇下諸神簇擁的讚嘆

傾耳聆聽揮別的潮浪

淡定啊淡定

最後離去時

莫忘隨手拉上黃昏的紗簾

望海

煩膩了海洋
所以來到風情款款的沙灘
岸上的風吹凌亂有些不安
遠方有浪
陰影下我們靜靜盼著
思想並緬懷起湛藍深處
柔柔軟軟
甜蜜的感傷

迷航

風與霞飛對峙
暮色輕盈
航行時的絢爛平靜或感傷
我正停歇
有些記憶陷入混沌
有些心事已迷航

叢林幽徑

秋深時路過幽密的叢林深處
藤蔓濃茂遍尋不著穿越的入口
步履踟躕
有露浸濕
初綻的蕊瓣晶瑩
唯山毛櫸以永世之姿堅挺如鷹

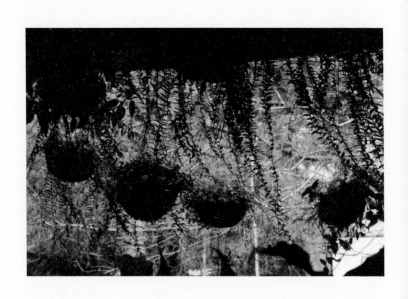

花想

盡情揮霍吧

青春烈焰灼灼

這是最美最狂烈的季候

今世的璀璨與嬌豔

眾神啊請賜我勇氣簇擁所有讚歎

若是明朝枝葉散盡

化為枯朽隱身春泥

是我無憾絕美的一生

巷弄

她說其實無關年歲或雅興
在每一處轉彎的巷弄
總有些意外的風景
青春留給過客
我只為自己優雅

山西・中國・2014
周莊・中國・2014

古典

空氣裡彌漫著歷史沈甸甸的孤傷
雕樑畫柱支撐著千百年來的桀驁
匠師們兀自琢磨繁紋褥飾與滄桑
並無視於旅人與路客的冷眼相望

平遙古城

暮秋躊躇著
冷眼回看城牆最後淒冷的身影
巨大而沈默的
蒼桑與霉黑之間
茫然游移
僕僕塵埃裡
怎樣拼湊出一則輝煌的故事

江湖

江湖垂垂
塵埃落定
天涯清冷
風微雲影
無是無非
飲露酩酊

雲南謠

怵目驚心的紅
燃燒著如焰火般的東方
那血統神秘而虔誠
紅日灼灼　祖靈犛牛和孔雀
自遠古汩汩流淌的純真的血
我們屏息注目
莊嚴並嘗試理解高原族群的身世

悱惻

親愛的此刻唯你我裸裎以對

江湖那麼遼闊

我們謹守一方靜默

水魅交歡

冷暖寒沁相濡以沫

霧露風霜日夜纏綿

許願池

跋涉千山
來到
古寺羅織的青青苔池
年輕那時許盼的祈願
今生這世
能否成真

風中的哈達

搖曳秋葉為鈴
在自然神的金色暈光中虔誠祝禱
所有身邊及遠方的友人們
風啊雲啊
為你獻上滿天飄搖的哈達

江南偶遇

眾聲喧嘩裡
唯絕美舊韻靜守幽暗一角
噤聲無語
默看繁華塵囂
江邊煙雲紅顏故夢
我是江南巷弄裡一則尋常不過的
風景

浮光

步子有些倉皇錯亂

暗黑裡誤把十里洋場看成末世聖殿

東方何其豪邁與張狂

揚子江微展笑顏

孤傲裡有些草率

衡山路夜霓虹徹夜嬌嗔嫵媚

梧桐早已散盡了

我還留戀秋天裡的什麼

冬雪

極力搜尋的幽深裡
等待一杯冷咖啡的漫長
山谷裡唯靜默相守
傾聽一千片白千層滑落的嘆息
細雪潸然飄落
怕只怕驟然驚醒時
肉身已白骸

遠天

冰或雪空寂或冷凝

諸神遺忘的角落

雪以高傲之姿反芻遠天的聖潔

雷霆陣仗蓄勢待發

一抹路過閒盪的

雲

急疾

成為飛鳥或雲絮之前
初老端坐在遲疑岸邊
追憶昨日之前所有急疾與紛擾
海天那麼雜沓
黑暗就要降臨
誰來喚醒夜裡的星星

無憂調

飄搖的雲絮顫抖的潮
煦煦波光搖曳的風
遠颺的青春消逝的島
無所畏懼的年歲啊無所憂

旅人

航向髮白鬢虛的雲上
來時的喜悅和悲傷
紛紛自海上湧起
年輕時倉促遺漏的感傷
留待雨季來時
一字一句還諸天地

平遙・中國・2014
杭州・中國・2010

夜城樓

城樓已晚

夢在夢的懷裡沉沉老去

艷燦的激情的紅

渲染一整座裏塵的客棧

簷楔流蘇不時流曳著歲月的舊韻風華

深邃的紅啊騷動的脈

古典原來如此撩撥

櫻事

風華璀璨之後
我將是誰掌心裡的瑩瑩摯愛
唯雪與冷凝
極白極冷的孤傲
冬艷之後
為自己舞一曲永世絕美

洱海

陰暗的彼端餘暉亮燦
我在沁涼的湖岸眺望
過了寒顫這冬嚴
可有一整片春江水暖草綠花紅的
香格里拉

融雪

春天游過三月

雪白已化成涓絲

柔柔軟軟來到你澄媚的湖心

融雪無聲

無聲且冷媚

安靜得彷如一個無慾的朝代

高原犛牛

梵音冷秋高原謐境
浮雲顫泉群山枯木
披擁一身華髮長髦
江湖繁塵於我何干

風與速度

波紋順著風的催促

搖曳湖心

方向迷失在風的披風裡

強勁凜冽如嘲諷

惺忪裡夾雜著一些迷惘

寒冷且緘默的年歲啊

誰正徘徊半百那渡頭

　玉龍雪山‧中國‧2012

玉龍雪山

雪一直在山的遠際靜靜等待
高且險峻的空曠裡
只放任拂嘯而去的鷹的

孤傲

天涯

黑簾幕霸氣橫陳了半壁江湖

我們來到窮途末路

視野之極

山海旭光凜凜無畏

莫非莫非

這就是天涯

浪漫主義

他們揮舞著愉悅的刀叉

在如歌笑意裡揮霍時光

陽光柔軟瀰散著玫瑰與浪漫酒香

沒有人告訴我

這裡宛若天堂

人們自由彈唱

從不碰觸所謂的憂傷

存在主義

然而，我已不在這裡
我在我存在的那方
無論陽光以什麼樣的角度投射
你凝視的
終究只是漫長旅途與你之間
延展開來的那段距離
你來之前
我已離去

夜未臨

伊總是姍姍遲來
第八區靜巷裡的日光未歇
老城街道就清空了白天的喧囂
暮光糾葛著睡意
晃蕩無聊
沿著街道逐一窺看
每一扇窗裡浪漫人家

修道院黑啤

飲盡最後一口麥香黑啤
記憶與暮春風景
一起深陷微醺的街道
風景如此嬌嗔陶然
啊我是頹然棄守
忘了行程的旅人

旅途上

沒有一隻鷹鳶或大雁掠過
第一道冷風自河道吹起
春天就隱隱消逝於白靉靆的霧氣那頭
北方微寒　四月的大夢初醒
啊自由與放縱
遠鄉迢迢我在路上

尊貴的高腳杯

北緯49初夏溫度適中

鐵塔中樓角度剛好

一百二十三米高度

無礙的盡攬塞納河沿岸景色

落地窗外的視野絕美

高腳杯雍容華奢

禁不住粼粼浮光折射

得意且尊貴了起來

天堂

站立了一個世紀之後

親愛的我只想告訴你

天堂不在妳信仰的那端

聖潔的青空

天使們以無憂無慮

直挺挺的立姿

枯守了一個又一個無聊的世紀

窗與海景

當我停歇腳步
人們都拋棄了多年積累的怨恨
他們相攜去熱帶的海灘度假
整面騰空的堤防
只剩下明亮冷清的窗與風景
還有我
和逐漸步入殘年的身軀

理想國

輕車緩緩駛過日午之後的天際線
自由惬意
且歌且昂揚
最好順道剷平華年初顯的皺痕
在漫無邊際的他方
劃出一道忘鄉的中年

行者

披星戴月之後才知道
未竟的路途還那麼遙遠
才知道
年少的輕狂何等奢華
龐大悠久的風景裡
我們堅持的傲氣
多麼微渺

樹

走著走著
我們來到春天的盡頭
站成一排直挺挺的樹
一列沒有憂傷喜悅的身影
站成步道森林與風景
並且以一棵樹該有的柔軟俊挺
安撫著金屬水泥枯燥的
摩登城市

遊樂園童話

摩天輪在古老的皇宮前忘情翻轉

國王手舞足蹈顛在高處

歡悅的向人群問候

青空湛藍欲滴

調皮的雲朵倏的騰空溜過

那時我們突破換日線的疲憊

第一眼睜開

看見十分緊湊而繽紛的歐洲

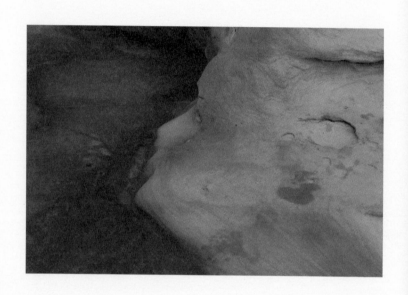

誓言

我們的愛
如岸邊堅貞不朽的石
信守著恆久的誓詞
無視於風的媚誘海潮的鼓噪
牢牢抓住岸的臂灣
緊緊擁抱

山林秋暮

趕在秋天結束之前
抖落整座潮濕陰沈的大山斗篷
在高海拔的山林曠野淨身
在寒涼的霧裡
為你預習一抹淺淺的抿笑
和下一次全新的妖嬌

熄燈號

最後離去時總得有人
拉上夜的幕簾
我將不再遠行
不再追逐夢與海洋
星子們紛紛闔上疲憊
我們一起吸氣
將夜吹熄

後記

多年來一直維持著習慣；在年終歲末時，選幾幀偏愛的影像作品，並且書寫幾行詩句，以看圖說故事那樣的心情，編排設計、印製成明信卡片或者可以折成三角柱形的年曆卡，寄給還維持著聯繫的朋友們。

並不知道收到的朋友是否感覺歡喜，但這習慣一直維持著；至於朋友，也大致還維持者既有的數量，不算太多，但也還好。

倒是因此，累積了為數不少的影像作品，這些經過篩選或特別費心處理過的攝影作品，乍看竟然有著像水彩或手繪畫作的味道，有不少朋友讚賞。

一直以來，偏好以金門家鄉題材做影像的重整創作，部分原因是因為待在家鄉的時間實在太少，無法像那些長期留在島上認真拍攝家鄉風景的朋友們，可以掌握到好的時機，替金們家鄉拍攝取景，彌補上個世紀金門所欠缺的影像記憶。所以後來，藉著電腦影像處理的方式，得空時花心思重新造境，把藏匿心中關於舊時金門家鄉的印象借景還原，或者甘脆就憑空想像，捏造出理想的舊時代金門風情。

至於詩，向來是我所深愛、與設計一樣熱衷的創作形式。只是量少，久久才偶發幾行詩句，與影像結合，稍稍滿足自己的創作欲念。《緩慢與昨日》是繼2011年新詩初作《禁忌海峽》之後，拼湊成的第二本影像詩。紀念島嶼，以及後來遠離家鄉，沒能留在島上生活的歲月。

2015 秋天 · 台北

作者簡介

翁翁 ONON

一九六一年年生於金門，本名翁國鈞
專業平面設計師，書籍裝幀設計作品累計超過六千餘冊
不倒翁視覺創意工作室主持人
中華藝術攝影交流學會監事
中華民國美術設計協會會員
臺灣文學發展基金會藝術顧問
台北市金門旅外學會創會會員
金門縣城鄉發展美化委員會顧問
《文訊雜誌》藝術顧問
《金門文藝》執行主編

著作
《書的容顏·封面設計解構與賞析》2005·黎明文化
《兩岸書籍裝幀設計》合輯·2006·積木文化
《柴門輕扣·散文初輯》2008·上揚國際
《禁忌海峽·島嶼 圖像 詩》2011·紅豬創意
《島嶼食事·金門人金門菜》合輯·2011·聯合文學
《睡山·長篇小說》2013·金門縣文化局·遠景出版
《緩慢與昨日──記憶的島，以及他方·圖像詩》2015·文訊

主編
《酒香古意──金門詩酒文化節》2002·金門縣政府
《時光露穗──浯島紅高粱》合輯·2013·遠景出版

緩慢與昨日
記憶的島，以及他方

補助單位 ◆ 金門縣文化局
詩與影像 ◆ 翁翁
執行編輯 ◆ 詹顏
校對 ◆ 盧翠芳‧陳妙玲‧詹顏
美術裝幀 ◆ 不倒翁視覺創意工作室
　　　　　onon.art@msa.hinet.net

企畫 ◆ 紅豬創意
出版 ◆ 文訊雜誌社
地址 ◆ 台北市中山南路11號六樓
電話 ◆ 02-2343-3142
傳真 ◆ 02-2394-6103
郵政劃撥 ◆ 12106756文訊雜誌社

總經銷 ◆ 聯合發行股份有限公司
電話 ◆ 02-2917-8022
印刷所 ◆ 松霖彩色印刷有限公司
電話 ◆ 02-2240-5000

印刷規格 ◆ 19x13cm‧精裝全彩‧輕量超感＋柔美紙
初版一刷 ◆ 2015年9月‧1000冊
ISBN ◆ 978-986-6102-27-1
定價 ◆ 新台幣300元

Priented in Taiwan

緩慢與昨日：記憶的島, 以及他方 /
翁翁‧詩與影像.　---- 初版. ---- 臺北市：
文訊雜誌社，　2015.09
216面；19x13公分.　----（文訊書系；9）
ISBN 978-986-6102-27-1（精裝）

851.486　　　　　　　　　104020105